Alphonse Daudet

LES AMOUREUSES

© 2023 Culturea Editions
Texte et illustration de couverture : © domaine public
Edition : Culturea (Hérault, 34)
Contact : infos@culturea.fr
Retrouvez notre catalogue sur http://culturea.fr
Imprimé en Allemagne par Books on Demand
Design typographique : Derek Murphy
Layout : Reedsy (https://reedsy.com/)
ISBN : 9791041817498
Dépôt légal : Juin 2023
Tous droits réservés pour tous pays

À Mme Alphonse Daudet

> Tu as pour te rendre amusée
> Ma jeunesse en papier icy...
>
> Clément Marot, à sa dame.

AUX PETITS ENFANTS.

Enfants d'un jour, ô nouveau-nés,
Petites bouches, petits nez,
Petites lèvres demi-closes,
Membres tremblants,
Si frais, si blancs,
Si roses !

Enfants d'un jour, ô nouveaux-nés,
Pour le bonheur que vous donnez,
À vous voir dormir dans vos langes,
Espoir des nids
Soyez bénis,
Chers anges !

Pour vos grands yeux effarouchés
Que sous vos draps blancs vous cachez.
Pour vos sourires, vos pleurs même,
Tout ce qu'en vous,
Êtres si doux,
On aime ;

Pour tout ce que vous gazouillez,
Soyez bénis, baisés, choyés,
Gais rossignols, blanches fauvettes ;
Que d'amoureux
Et que d'heureux
Vous faites !

Lorsque sur vos chauds oreillers,
En souriant vous sommeillez,
Près de vous, tout bas, ô merveille !
Une voix dit :
« Dors, beau petit ;
Je veille. »

C'est la voix de l'ange gardien ;
Dormez, dormez, ne craignez rien,
Rêvez, sous ses ailes de neige :
Le beau jaloux
Vous berce et vous

Protège.

Enfants d'un jour, ô nouveau-nés,
Au paradis, d'où vous venez,
Un léger fil d'or vous rattache.
À ce fil d'or
Tient l'âme encor
Sans tache.

Vous êtes à toute maison
Ce que la fleur est au gazon,
Ce qu'au ciel est l'étoile blanche,
Ce qu'un peu d'eau
Est au roseau
Qui penche.

Mais vous avez de plus encor
Ce que n'a pas l'étoile d'or,
Ce qui manque aux fleurs les plus belles :
Malheur à nous !
Vous avez tous
Des ailes.

LE CROUP.

> Alors Hérode envoya tuer dans Bethléem
> Et dans les pays d'alentour les enfants de
> Deux ans et au-dessous.
>
> Saint Matthieu, III.

I.

Dans son petit lit, sous le rayon pâle
D'un cierge qui tremble et qui va mourir,
L'enfant râle.
Quel est le bourreau qui le fait souffrir ?

Quel boucher sinistre a pris à la gorge
Ce pauvre agnelet que rien ne défend ?
Qui l'égorge ?
Qui sait égorger un petit enfant ?

Sombre nuit ! La chambre est froide. On frissonne.
Dans l'âtre glacé fume un noir tison.
L'heure sonne.
Le vent de la mort court dans la maison.

II.

Aux rideaux du lit la mère s'accroche.
Elle est nue. Elle est pâle. Elle défend
Qu'on l'approche :
Elle veut rester seule avec l'enfant.

Son fils ! Il faut voir comme elle lui cause !

« Ami, ne meurs pas. Je te donnerai
« Quelque chose ;
« Ami, si tu meurs, moi je pleurerai. »

Et pour empêcher que l'oiseau s'envole,
Elle lui promet du mouron plus frais...
Pauvre folle !
Comme si l'oiseau s'envolait exprès.

Le père est debout dans l'ombre. Il se cache,
Il pleure. On l'entend dire en étouffant :
« Ô le lâche
« Qui n'ose pas voir mourir son enfant ! »

Dans un coin, l'aïeul accroupi par terre
Chante une gavotte, et quand on lui dit
De se taire,
Il répond : « Hé ! hé ! j'endors le petit. »

III.

Le cierge s'éteint près du lit qui sombre...
Un râle de mort, un cri de douleur,
Et dans l'ombre
On entend quelqu'un fuir comme un voleur.

Qui va là ? Qui vient d'ouvrir cette porte ?...
Courons ! C'est un spectre armé d'un couteau,
Il emporte
Le petit enfant dans son grand manteau.

Oh ! je te connais, – ne cours pas si vite,
Massacreur d'enfants ! Je t'ai reconnu
Tout de suite
À ton manteau rouge, à ton couteau nu.

Hérode t'a fait ce legs effroyable.
Tu portes sa pourpre et son yatagan.
Vas au diable
Comme Hérode, spectre, assassin, forban !

LA VIERGE À LA CRÈCHE.

Dans ses langes blancs, fraîchement cousus,
La vierge berçait son enfant-Jésus.
Lui, gazouillait comme un nid de mésanges.
Elle le berçait, et chantait tout bas
Ce que nous chantons à nos petits anges...
Mais l'enfant-Jésus ne s'endormait pas.

Étonné, ravi de ce qu'il entend,
Il rit dans sa crèche, et s'en va chantant
Comme un saint lévite et comme un choriste ;
Il bat la mesure avec ses deux bras,
Et la sainte vierge est triste, bien triste,
De voir son Jésus qui ne s'endort pas.

« Doux Jésus, lui dit la mère en tremblant,
« Dormez, mon agneau, mon bel agneau blanc.
« Dormez ; il est tard, la lampe est éteinte.
« Votre front est rouge et vos membres las ;
« Dormez, mon amour, et dormez sans crainte."
Mais l'enfant-Jésus ne s'endormait pas.

« Il fait froid, le vent souffle, point de feu...
« Dormez ; c'est la nuit, la nuit du bon dieu.
« C'est la nuit d'amour des chastes épouses ;
« Vite, ami, cachons ces yeux sous nos draps,
« Les étoiles d'or en seraient jalouses. »
Mais l'enfant-Jésus ne s'endormait pas.

« Si quelques instants vous vous endormiez,
« Les songes viendraient, en vol de ramiers,
« Et feraient leurs nids sur vos deux paupières,
« Ils viendront ; dormez, doux Jésus. » Hélas !
Inutiles chants et vaines prières,
Le petit Jésus ne s'endormait pas.

Et marie alors, le regard voilé,
Pencha sur son fils un front désolé :
« Vous ne dormez pas, votre mère pleure,
« Votre mère pleure, ô mon bel ami... »
Des larmes coulaient de ses yeux ; sur l'heure,

Le petit Jésus s'était endormi.

TROIS JOURS DE VENDANGES.

Je l'ai rencontrée un jour de vendange,
La jupe troussée et le pied mignon ;
Point de guimpe jaune et point de chignon :
L'air d'une bacchante et les yeux d'un ange.

Suspendue au bras d'un doux compagnon,
Je l'ai rencontrée aux champs d'Avignon,
            Un jour de vendange.

* * *

Je l'ai rencontrée un jour de vendange.
La plaine était morne et le ciel brûlant ;
Elle marchait seule et d'un pas tremblant,
Son regard brillait d'une flamme étrange.

Je frisonne encore en me rappelant
Comme je te vis, cher fantôme blanc,
            Un jour de vendange.

* * *

Je l'ai rencontrée un jour de vendange,
Et j'en rêve encore presque tous les jours.
....
Le cercueil était couvert en velours,
Le drap noir avait une double frange.

Les sœurs d'Avignon pleuraient tout autour...
La vigne avait trop de raisins ; l'amour
            A fait la vendange.

À CÉLIMÈNE.

Je ne vous aime pas, ô blonde célimène,
Et si vous l'avez cru quelque temps, apprenez
Que nous ne sommes point de ces gens que l'on mène
Avec une lisière et par le bout du nez ;
Je ne vous aime pas...depuis une semaine,
Et je ne sais pourquoi vous vous en étonnez.

Je ne vous aime pas ; vous êtes trop coquette,
Et vos moindres faveurs sont de mauvais aloi ;
Par le droit des yeux noirs, par le droit de conquête,
Il vous faut des amants. (On ne sait trop pourquoi.)
Vous jouez du regard comme d'une raquette ;
Vous en jouez, méchante...et jamais avec moi.

Je ne vous aime pas, et vous aurez beau faire,
Non, madame, jamais je ne vous aimerai.
Vous me plaisez beaucoup ; certes, je vous préfère
À Dorine, à Clarisse, à Lisette, c'est vrai.
Pourtant l'amour n'a rien à voir dans cette affaire,
Et quand il vous plaira, je vous le prouverai.

J'aurais pu vous aimer ; mais, ne vous en déplaise,
Chez moi le sentiment ne tient que par un fil...
Avouons-le, pourtant, quelque chose me pèse :
En ne vous aimant pas, comment donc se fait-il
Que je sois aussi gauche, aussi mal à mon aise
Quand vous me regardez de face ou de profil ?

Je ne vous aime pas, je n'aime rien au monde ;
Je suis de fer, je suis de roc, je suis d'airain.
Shakespeare a dit de vous : « Perfide comme l'onde » ;
Mais moi je n'ai pas peur, car j'ai le pied marin.
Pourtant quand vous parlez, ô ma sirène blonde,
Quand vous parlez, mon cœur bat comme un tambourin.

Je ne vous aime pas, c'est dit, je vous déteste,
Je vous crains comme on craint l'enfer, de peur du feu ;
Comme on craint le typhus, le choléra, la peste,
Je vous hais à la mort, madame ; mais, mon dieu !
Expliquez-moi pourquoi je pleure, quand je reste

Deux jours sans vous parler et sans vous voir un peu.

FANFARONNADE.

Je n'ai plus ni foi ni croyance !
Il n'est pas de fruit défendu
Que ma dent n'ait un peu mordu
Sur le vieil arbre de science :
Je n'ai plus ni foi ni croyance.

Mon cœur est vieux ; il a mûri
Dans la pensée et dans l'étude ;
Il n'est pas de vieille habitude
Dont je ne l'aie enfin guéri.
Mon cœur est vieux, il a mûri.

Les grands sentiments me font rire ;
Mais, comme c'est très bien porté,
J'en ai quelques uns de côté
Pour les jours où je veux écrire
Des vers de sentiment...pour rire.

Quand un ami me saute au cou,
Je porte la main à ma poche ;
Si c'est mon parent le plus proche,
J'ai toujours peur d'un mauvais coup,
Quand ce parent me saute au cou.

Veut-on savoir ce que je pense
De l'amour chaste et du devoir ?
Pour le premier...allez-y voir ;
Quant à l'autre, je me dispense
De vous dire ce que je pense

C'est moi qui me suis interdit
Toute croyance par système,
Et, voyez, je ne crois pas même
Un seul mot de ce que j'ai dit.

LES CERISIERS.

I.

Vous souvient-il un peu de ce que vous disiez,
    Mignonne, au temps des cerisiers ?

Ce qui tombait du bout de votre lèvre rose,
Ce que vous chantiez, ô mon doux bengali,
Vous l'avez oublié, c'était si peu de chose,
    Et pourtant, c'était bien joli...
Mais moi je me souviens (et n'en soyez pas surprise),
Je me souviens pour vous de ce que vous disiez.
Vous disiez (à quoi bon rougir ?)...donc vous disiez...
    Que vous aimiez fort la cerise,
    La cerise et les cerisiers.

II.

Vous souvient-il un peu de ce que vous faisiez,
    Mignonne, au temps des cerisiers ?

Plus grands sont les amours, plus courte est la mémoire
Vous l'avez oublié, nous en sommes tous là ;
Le cœur le plus aimant n'est qu'une vaste armoire.
    On fait deux tours, et puis voilà.
Mais moi je me souviens (et n'en soyez surprise),
Je me souviens pour vous de ce que vous faisiez...
Vous faisiez (à quoi bon rougir ?)...donc vous faisiez...
    Des boucles d'oreille en cerise,
    En cerise de cerisiers.

III.

Vous souvient-il d'un soir où vous vous reposiez,
    Mignonne, sous les cerisiers ?

Seule dans ton repos ! Seule, ô femme, ô nature !
De l'ombre, du silence, et toi...quel souvenir !
Vous l'avez oublié, maudite créature,
    Moi je ne puis y parvenir.
Voyez, je me souviens (et n'en soyez surprise),
Je me souviens du soir où vous vous reposiez...
Vous reposiez (pourquoi rougir ?)...vous reposiez...
    Je vous pris pour une cerise ;
    C'était la faute aux cerisiers.

LE 1er MAI 1857.

MORT D'ALFRED DE MUSSET.

Nature de rêveur, tempérament d'artiste,
Il est resté toujours triste, horriblement triste.
Sans savoir ce qu'il veut, sans savoir ce qu'il a,
Il pleure ; pour un rien, pour ceci, pour cela.
Aujourd'hui c'est le temps, demain c'est une mouche,
Un rossignol qui fausse, un papillon qui louche...
Son corps est un roseau, son âme est une fleur,
Mais un roseau sans moelle, une fleur sans calice ;
Il est triste sans cause, il souffre sans douleur,
Il faudra qu'il en meure, et qu'on l'ensevelisse
Avec sa nostalgie au flanc, comme un cilice.

Ne creusez pas son mal ; ne lui demandez rien,
Vous qui ne portez pas un cœur comme le sien.
Ne lui demandez rien, ô vous qu'il a choisies
Dans le ciel de son rêve et de ses fantaisies ;
C'est un petit enfant, prenez-le dans vos bras,
Dites-lui. « Mon amour, fais comme tu voudras,
« Ton mal est un secret, je ne veux pas l'apprendre. »
Souffrez de sa blessure, en essuyant ses yeux ;
Souffrez de sa douleur sans jamais la comprendre,
Car vous ne savez pas comme on guérit les dieux,
Car vous l'aimeriez moins en le connaissant mieux.

Parfois, rayon dans l'ombre et perle dans la brume,
Son visage s'étoile et son regard s'allume ;
On dirait qu'il attend quelqu'un qui ne vient pas.
Mais ce n'est jamais toi qu'il cherche entre tes bras,
Ninette ; – ce qu'il veut, il n'en sait rien lui-même.
Dans tout ce qu'il espère et dans tout ce qu'il aime,
Il voit un vide immense et s'use à le combler,
Jusqu'au jour où, sentant que son âme est atteinte,
Sentant son âme atteinte et son mal redoubler
Il soit las de souffler sur une flamme éteinte...
Et meure de dégoût, de tristesse... et d'absinthe !

LA RÊVEUSE.

Elle rêve, la jeune femme !
L'œil alangui, les bras pendants,
Elle rêve, elle entend son âme,
Son âme qui chante au dedans.

Tout l'orchestre de ses vingt ans,
Clavier d'or aux notes de flamme,
Lui dit une joyeuse gamme
Sur la clef d'amour du printemps...

La rêveuse leva la tête,
Puis la penchant sur son poète,
S'en fut, lui murmurant tout bas :

« Ami, je rêve ; ami, je pleure ;
« Ami, je songe que c'est l'heure...
« Et que mon coiffeur ne vient pas. »

LES BOTTINES.

I.

Moitié chevreau, moitié satin,
Quand elles courent par la chambre,
Clic ! clac !
Il faut voir de quel air mutin
Leur fine semelle se cambre.
Clic ! Clac !

Sous de minces boucles d'argent,
Toujours trottant, jamais oisives,
Clic ! clac !
Elles ont l'air intelligent
De deux petites souris vives.
Clic ! clac !

Elles ont le marcher d'un roi,
Les élégances d'un Clitandre,
Clic ! clac !
Par là-dessus, je ne sais quoi
De fou, de railleur et de tendre.
Clic ! clac !

II.

En hiver au coin d'un bon feu,
Quand le sarment pétille et flambe,
Clic ! clac !
Elles aiment à rire un peu,
En laissant voir un bout de jambe.
Clic ! clac !

Mais quoique assez lestes, – au fond,
Elles ne sont pas libertines,
Clic ! clac !
Et ne feraient pas ce que font
La plupart des autres bottines.
Clic ! clac !

Jamais on ne nous trouvera,
Dansant des polkas buissonnières,
Clic ! clac !
Au bal masqué de l'Opéra,
Ou dans le casion d'Asnières.
Clic ! clac !

C'est tout au plus si nous allons,
Deux fois par mois, avec décence,
Clic ! clac !
Nous trémousser dans les salons
Des bottines de connaissance.
Clic ! clac !

Puis quand nous avons bien trotté,
Le soir nous faisons nos prières,
Clic ! clac !
Avec toute la gravité
De deux petites sœurs tourières.
Clic ! clac !

III.

Maintenant, dire où j'ai connu
Ces merveilles de miniature,
Clic ! clac !
Le premier chroniqueur venu
Vous en contera l'aventure.
Clic ! clac !

Je vous avouerai cependant
Que souventes fois il m'arrive,
Clic ! clac !
De verser, en les regardant,
Une grosse larme furtive.
Clic ! clac !

Je songe que tout doit finir,
Même un poème d'humoriste,
Clic ! clac !
Et qu'un jour prochain peut venir
Où je serai bien seul, bien triste,
Clic ! clac !

Lorsque, – pour une fois,
Mes oiseaux prenant leur volée,
Clic ! clac !
De loin, sur l'escalier de bois,
J'entendrai, l'âme désolée :
Clic ! clac !

À CLAIRETTE.

Croyez-moi, mignonne, avec l'amourette
Que nous gaspillons à deux, chaque jour
(Ne vous moquez pas trop de moi, Clairette),
On pourrait encore faire un peu d'amour.
On fait de l'amour avec l'amourette.

Qui sait ? connaissons un peu mieux nos cœurs.
Qui sait ? cherchons bien...pardon, je m'arrête ;
Vous avez la bouche et l'œil trop moqueurs
(Ne vous moquez pas trop de moi, Clairette) :
Qui sait ? connaissons un peu mieux nos cœurs.

Voyons, si j'avais dans quelque retraite
Le nid que je rêve et que j'ai cherché,
(Ne vous moquez pas trop de moi, Clairette),
On aime bien mieux quand on est caché.
Si j'avais un nid dans quelque retraite !

Un nid ! des vallons bien creux, bien perdus.
Plus de falbalas, plus de cigarette ;
Champagne et mâcon seraient défendus,
(Ne vous moquez pas trop de moi, Clairette)...
Un nid, des vallons bien creux, bien perdus.

Quel bonheur de vivre en anachorète,
Des fleurs et vos yeux pour tout horizon,
(Ne vous moquez pas trop de moi, Clairette) !
Par le dieu Plutus, j'ai quelque raison
Pour désirer vivre en anachorète.

Eh bien ! cher amour, la nature est prête,
Le nid vous attend... Comment ! vous riez ?
(Ne vous moquez pas trop de moi, Clairette),
C'était pour savoir ce que vous diriez.

Miserere !
Encore une fois, ma colombe,
O mon beau trésor adoré,
Viens t'agenouiller sur la tombe
Où notre amour est enterré.
Miserere !

I.

Il est là dans sa robe blanche ;
Qu'il est chaste et qu'il est joli !
Il dort, ce cher enseveli,
Et comme un fruit mûr sur la branche,
Son jeune front, son front pâli
Incline à terre, et penche, penche...

Miserere !
Regarde-le bien, ma colombe,
O mon beau trésor adoré,
Il est là couché dans la tombe,
Comme nous l'avons enterré,
Miserere !

II.

Depuis les pieds jusqu'à la tête,
Sans regret, comme sans remord,
Nous l'avions fait beau pour la mort.
Ce fut sa dernière toilette ;
Nous ne pleurâmes pas bien fort,
Vous étiez femme et moi poète.

Miserere !
Les temps ont changé, ma colombe,
O mon beau trésor adoré,
Nous venons pleurer sur sa tombe,
Maintenant qu'il est enterré.
Miserere !

III.

Il est mort, la dernière automne ;
C'est au printemps qu'il était né.
Les médecins l'ont condamné
Comme trop pur, trop monotone :
Mon cœur leur avait pardonné...
Je ne sais plus s'il leur pardonne.

Miserere !
Ah ! je le crains bien, ma colombe,
O mon beau trésor adoré,
Trop tôt nous avons fait sa tombe,
Trop tôt nous l'avons enterré.
Miserere !

IV.

Il est des graines de rechange
Pour tout amoureux chapelet.
Nous pourrions, encor, s'il voulait,
Le ressusciter, ce cher ange.
Mais non ! il est là comme il est ;
Je ne veux pas qu'on le dérange.

Miserere !
Par pitié, fermez cette tombe ;
Jamais je n'avais tant pleuré !
Oh ! dites pourquoi, ma colombe,
L'avons-nous si bien enterré ?
Miserere !

AUTRE AMOUREUSE.

Lorsque je vivais loin de vous,
Toujours triste, toujours en larmes,
Pour mon cœur malade et jaloux
Le sommeil seul avait des charmes.
Maintenant que tu m'appartiens
Et que mon cœur a sa pâture,
– Il ne m'est plus qu'une torture,
Le sommeil cher aux jours anciens.

Lorsque je dormais loin de vous,
Dans un rêve toujours le même,
Je vous voyais à mes genoux
Me dire chaque nuit : « Je t'aime ! »
Maintenant que tu m'appartiens,
Dans les bras chaque nuit je rêve
Que tu pars, qu'un méchant t'enlève
Et que je meurs quand tu reviens.

LES PRUNES.

I.

Si vous voulez savoir comment
Nous nous aimâmes pour des prunes,
Je vous le dirai doucement,
Si vous voulez savoir comment.
L'amour vient toujours en dormant,
Chez les bruns comme chez les brunes ;
En quelques mots voici comment
Nous nous aimâmes pour des prunes.

II.

Mon oncle avait un grand verger
Et moi j'avais une cousine ;
Nous nous aimions sans y songer,
Mon oncle avait un grand verger.
Les oiseaux venaient y manger,
Le printemps faisait leur cuisine ;
Mon oncle avait un grand verger
Et moi j'avais une cousine.

III.

Un matin nous nous promenions
Dans le verger, avec Mariette :
Tout gentils, tout frais, tout mignons,

Un matin nous nous promenions.
Les cigales et les grillons
Nous fredonnaient une ariette :
Un matin nous nous promenions
Dans le verger avec Mariette.

IV.

De tous côtés, d'ici, de là,
Les oiseaux chantaient dans les branches,
En si bémol, en ut, en la,
De tous côtés, d'ici, de là.
Les prés en habit de gala
Étaient pleins de fleurettes blanches.
De tous côtés, d'ici, de là,
Les oiseaux chantaient dans les branches.

V.

Fraîche sous son petit bonnet,
Belle à ravir, et point coquette,
Ma cousine se démenait,
Fraîche sous son petit bonnet.
Elle sautait, allait, venait,
Comme un volant sur la raquette :
Fraîche sous son petit bonnet,
Belle â ravir et point coquette.

VI.

Arrivée au fond du verger,
Ma cousine lorgne les prunes ;
Et la gourmande en veut manger,
Arrivée au fond du verger.

25

L'arbre est bas ; sans se déranger
Elle en fait tomber quelques-unes :
Arrivée au fond du verger,
Ma cousine lorgne les prunes.

VII.

Elle en prend une, elle la mord,
Et, me l'offrant : « Tiens !... » me dit-elle.
Mon pauvre cœur battait bien fort !
Elle en prend une, elle la mord.
Ses petites dents sur le bord
Avaient fait des points de dentelle...
Elle en prend une, elle la mord,
Et, me l'offrant : « Tiens !... » me dit-elle.

VIII.

Ce fut tout, mais ce fut assez ;
Ce seul fruit disait bien des choses
(Si j'avais su ce que je sais !...)
Ce fut tout, mais ce fut assez.
Je mordis, comme vous pensez,
Sur la trace des lèvres roses :
Ce fut tout, mais ce fut assez ;
Ce seul fruit disait bien des choses.

IX.

À MES LECTRICES.

Oui, mesdames, voilà comment
Nous nous aimâmes pour des prunes :
N'allez pas l'entendre autrement ;

Oui, mesdames, voilà comment.
Si parmi vous, pourtant, d'aucunes
Le comprenaient différemment,
Ma foi, tant pis ! voilà comment
Nous nous aimâmes pour des prunes.

L'OISEAU BLEU.

J'ai dans mon cœur un oiseau bleu,
Une charmante créature,
Si mignonne que sa ceinture
N'a pas l'épaisseur d'un cheveu

Il lui faut du sang pour pâture.
Bien longtemps, je me fis un jeu
De lui donner sa nourriture :
Les petits oiseaux mangent peu.

Mais, sans en rien laisser paraître,
Dans mon cœur il a fait, le traître,
Un trou large comme la main,

Et son bec, fin comme une lame,
En continuant son chemin,
M'est entré jusqu'au fond de l'âme !...

LE ROUGE-GORGE.

I.

Un soir que je rêvais dans ma chambre, déserte
Depuis sa mort,
Un oisillon s'en vint de la fenêtre ouverte
Raser le bord.

Il s'en vint, secouant du bec sa robe grise ;
Et sans effroi,
Sans façon, je le vis, à ma grande surprise,
Entrer chez moi.

C'était un rouge-gorge, un charmant rouge-gorge !
Comme à foison,
Le froid, ce vieux brigand des forêts, en égorge
Chaque saison.

« Tu viens mal à propos, lui dis-je, mais n'importe,
Cher étranger,
Je souffre trop pour voir souffrir. Tiens, je t'apporte
De quoi manger.

« Aimes-tu le maïs ?...Non. Préfères-tu l'orge
Ou bien le mil ?
Que peut-on vous servir, monsieur le rouge-gorge,
Que vous faut-il ? »

Mais lui, de tous côtés promenant son bec rose
D'un air coquet,
Souriait sans répondre et cherchait quelque chose
Qui lui manquait :

Puis, comme il me trouvait par trop mélancolique,
Le polisson
Se mit à fredonner un morceau de musique

De sa façon.

II.

Je me levais pour mettre un terme à ce scandale
En le chassant,
Quand le frisson de mort qui régnait dans la salle
L'envahissant,

L'oiseau tourna vers moi sa mine effarouchée,
Et l'animal
Me regarda d'un air de tristesse fâchée,
Qui me fit mal.

« Oh ! ne te moque pas de moi ! semblaient me dire
Ses yeux en pleurs ;
N'est-ce pas que tu mens, et que tu voulais rire
De mes douleurs ?

« Non elle n'est pas morte ! ou, toi, tu n'es qu'un lâche
De la savoir
Et d'y survivre !...Non ! elle est là...qui se cache,
Je veux la voir. »

Et pour mieux s'assurer qu'elle n'était pas morte,
Il s'en alla
Fouiller sous la toilette et derrière la porte,
Deçà, delà,

Derrière les rideaux du lit, dans la ruelle,
Sous l'édredon...
Il criait, il pleurait : « Ah ! méchante, ah ! cruelle,
Réponds-moi donc !... »

Il grimpait sur le lit, fripant la couverture
Et l'oreiller.
Enfin, pris d'un vertige étrange, de nature
A m'effrayer,

Il se mit à voler les ailes étendues,
L'œil effaré,
Cognant son front, poussant des plaintes éperdues,
Désespéré.

III.

Quand il eut fait deux fois le tour de notre chambre,
L'étrange oiseau
S'arrêta : je le vis trembler de chaque membre,
Comme un roseau,

Chercher de tous côtés un lieu de préférence
Pour s'y coucher ;
Se laisser choir, avec un grand air de souffrance,
Sur le plancher ;

Et là, dardant sur moi le feu de ses prunelles
D'un jaune d'or,
Pousser des petits cris plaintifs, battre des ailes,
Et rester mort !

NATURE IMPASSIBLE.

Lorsque l'homme pleura sa première chimère,
Moins impassible qu'aujourd'hui,
La nature sentit frémir ses flancs de mère
Et voulut pleurer avec lui.
Tout s'assombrit. Les cieux n'eurent plus une étoile,
La terre n'eut plus une fleur.
Le soleil se cloîtra, la lune prit le voile,
Et la forêt tordit ses branches, de douleur.

Les couchants lumineux, les aubes éclatantes
S'éteignirent en un clin d'œil.
Les brumes de l'hiver déployèrent leurs tentes,
Les plaines prirent le grand deuil.
Le lac mouilla ses bords de son flot le plus triste ;
Dans la Notre-Dame des Bois
Les oiseaux et le vent, les clercs et l'organiste
Chantèrent en mineur pour la première fois.

La douleur arrachait des larmes aux abîmes
Et des cris de rage aux volcans.
Les ravins éplorés eurent des mots sublimes,
Les rochers furent éloquents.
« Nous voulons notre part de la souffrance humaine »,
Sanglotaient les vieux antres sourds...
L'homme oublia son mal au bout d'une semaine ;
Après quatre mille ans, eux sanglotaient toujours.

Quand la mère au grand cœur fut enfin consolée,
Presque honteuse de ses pleurs,
Vite elle rajusta les plis de sa vallée
Et mit son chaperon de fleurs.
Puis elle se dressa belle de tous ses charmes,
Poussant du vert à pleins talus ;
Mais sachant désormais ce que valent nos larmes,
Elle nous dit : « C'est bien ! vous ne m'y prendrez plus. »

Pour moi, si les douleurs chères aux grandes âmes
Viennent m'assaillir quelque jour,
Si jamais je m'éprends dans le troupeau des femmes
Trop belles pour aimer l'amour ;

Ou si, voyant mourir quelque chose qui m'aime,
Vivant, je souffre mille morts,
O nature ! tu peux rester toujours la même,
Je me passerai bien des pitiés du dehors.

Les plateaux de colzas, les blés, les plaines d'orge
Pourront impunément fleurir ;
Je ne leur mettrai pas ma douleur sur la gorge,
Non ! je serai seul à souffrir.

Terre, tu souriras ; bois, vous ferez comme elle.
Vous, les lacs, vous resplendirez,
Et vous chanterez tous sans craindre que je mêle
Un blasphème ou des pleurs à vos concerts sacrés.

DERNIÈRE AMOUREUSE.

A l'heure d'amour, l'autre soir,
La Mort près de moi vint s'asseoir ;
S'asseoir, près de moi, sur ma couche.

En silence, elle s'accouda.
Sur mes yeux clos elle darda
Son grand œil noir, lascif et louche ;

Puis, comme l'amante à l'amant,
Elle mit amoureusement
Sa bouche sur ma bouche !

« Viens, dit le spectre en m'enlaçant,
« Viens sur mon cœur, viens dans mon sang
« Savourer de longues délices.

« Viens ; la couche, ô mon bien-aimé !
« A son oreiller parfumé,
« Ses draps chauds comme des pelisses.

« Nous nous chérirons nuit et jour :
« Nos âmes sont deux fleurs d'amour,
« Nos lèvres deux calices. »

Je crus, sur mon front endormi,
Sentir passer un souffle ami
D'une saveur déjà connue.

J'eus un rêve délicieux.
Je lui dis, sans ouvrir les yeux :
« Chère, vous voilà revenue !

« Vous voilà ! mon cœur rajeunit.
« Fauvette, qui revient au nid,
« Sois-y la bienvenue.

« Sans remords comme sans pitié,
« Méchante, on m'avait oublié ;
« Allons, venez, Mademoiselle.

« Je consens à vous pardonner,
« Mais avant, je veux enchaîner
« Ma folle petite gazelle. »

Et, comme je lui tends les bras,
Le spectre me répond tout bas :
« C'est moi...ce n'est pas elle... »

« – C'est ti, la Mort ! eh bien ! tant mieux.
« Mon âme est veuve ; mon cœur vieux,
« J'avais besoin d'une maîtresse.

« Une tombe est un rendez-vous
« Comme un autre ; prélassons-nous
« Dans une éternelle caresse ! »

Je l'embrasse ; elle se défend,
Recule et me dit : « Cher enfant,
« Attends, rien ne nous presse !...

« Gardons-nous pour des temps meilleurs ;
« Mais aujourd'hui, je cherche ailleurs
« Des amoureux en hécatombe.

« Ailleurs, je vais me reposer
« Et couper en deux le baiser
« D'un ramier et de sa colombe !

« Sois heureux, tu me reverras ;
« Sois amoureux, et tu seras
« Mûr pour la tombe ! »

FIN.